Den Kvinnelige Trener

Erika Sanders

Erotisk Dominans og Underkastelse

Synopsis

Erika synes hennes kvinnelige trener er veldig sexy. Vil hun gjøre noe når hun er alene med henne?...

Den Kvinnelige Trener er en roman med et sterkt erotisk BDSM-innhold og på sin side en ny roman som tilhører samlingen **Erotisk Dominans og Underkastelse**, en serie romaner med et høyt romantisk og erotisk BDSM-innhold.

(Alle karakterer er 18 år eller eldre)

Erika Sanders er en internasjonalt kjent forfatter, oversatt til mer enn tjue språk, som signerer sine mest erotiske forfatterskap, bort fra sin vanlige prosa, med pikenavnet sitt.

Indeks:

DEN KVINNELIGE TRENER
ERIKA SANDERS

Til tross for at hun var ganske utslitt etter dagens høyskolekurs, gjorde Erika fortsatt en innsats for å trene på universitetets treningsstudio. Hun trengte det. Ærlig talt var hun den dårligste spilleren på softball-laget.

Visst, hun var i god form allerede, men sammenlignet med de andre jentene på laget var hun rett og slett ikke god nok, og det var et mirakel at hun i det hele tatt kom på laget. Laget krevde et minimum antall spillere og Erika var det minimum.

Etter å ha utført en push/pull-rutine med forskjellige maskiner, tok hun en pust i bakken før hun slo magemuskler.

Hun gjorde tretti repetisjoner i rask rekkefølge på en benk, hvilte i et minutt, og gjentok deretter settet to ganger til.

Da hun slet på det siste settet, så hun opp for å se et ansikt som blokkerte lyset. En kvinne sto tilfeldig over henne med et svett ansikt, en rotete hestehale og et håndkle rundt halsen.

"Kom igjen, reps, reps, reps!" oppmuntret kvinnen på spøk.

Erika gjenkjente umiddelbart at det var Coach Bethy. Hun presset gjennom noen ekstra repetisjoner på magen som for å bevise sin seighet, og reiste seg deretter for å hilse på treneren Bethy.

«Hei,» smilte hun og trakk pusten dypt fra treningsøkten.

Trener Bethy smilte tilbake. "Beklager å forstyrre treningen. Du trengte et løft."

"Ja, jeg prøver å komme i bedre form."

"Jeg er glad for å se at du jobber hardt," svarte treneren Bethy.

"Apropos det, var du her hele tiden? Jeg hadde ikke sett deg."

Treneren Bethy tørket ansiktet hennes med et håndkle. "Jeg var i badstuen den siste halvtimen. Før det drev jeg en time med cardio på tredemøllen."

"Hyggelig."

"Er du en løper, Erika?" hun spurte. "Hvor ofte løper du?"

"Ikke så mye som jeg ønsker. Jeg løper
oftere når det ikke er skole. Kanskje 3-5
mil."

"Herlig."

«Det er klart jeg ikke har resultater som
deg», svarte Erika, og la merke til at
trenerens muskler kruset når pusten.
"Jeg mener, herregud, fysikken din er
fantastisk."

Trener Bethy bøyde en biceps. "Takk.
Mye hardt arbeid."

"Jeg mener, seriøst. Du har god
genetikk."

"På noen måter, men i all ærlighet, er jeg
smart med rutinen min."

"Noen hemmeligheter?" spurte Erika.
"Jeg ville drept for å ha en kropp som
din."

"Først av alt, takk, det er søtt. For det
andre, vær stolt av kroppen du har.
Kvinner er for harde mot seg selv. Jeg
synes hver kvinne er nydelig på sin egen
unike måte. Vær deg selv og rock det du
har."

Erika nikket. "Å, jeg er definitivt enig i
den følelsen. Men ikke alle jenter er på et
idrettslag. Faktisk er jeg på DITT lag, og
sjansene våre for å vinne kamper ville
øke eksponentielt hvis jeg var i bedre
form."

For ekstra effekt banket Erika på
øyevippene og treneren Bethy lo.

"Fortell meg din typiske treningsrutine og kosthold. Så skal jeg gi deg noen tanker hvis jeg kan."

Erika ga en rask oversikt over hennes vanlige treningsopplegg og ernæringsplan; alt fra hvordan hun likte å løpe og hvilke øvelser hun gjorde.

"Jeg tror jeg fant problemet ditt," sa trener Bethy i en avsluttende tone.

"Hva er det?"

"Du har sannsynligvis nådd et platå. Det er når kroppen din er så vant til den samme rutinen at den slutter å tilpasse seg, og dermed tjener du ikke lenger."

Erika knep sammen leppene. "Hmmm... Interessant. Jeg har brukt den samme rutinen i årevis, så du har kanskje rett."

"Kanskje løfte tyngre vekter eller prøve
mer eksplosive øvelser. Bytt ting, finn
noe morsomt."

"Noen anbefalinger?"

"Personlig liker jeg å svømme," svarte
treneren Bethy. "Det har lav innvirkning
på leddene mine, høy intensitet, og det
gir meg en følelse av frihet når jeg er i
vannet."

"Herregud, jeg pleide å elske å svømme
som barn. Mindre da familien vår flyttet
til et annet sted. Jeg har ikke svømt i det
hele tatt siden jeg flyttet på college."

"Sånn. Problemet løst. Prøv å svømme.
Svøm hardt, svøm fort, men ikke gjør
deg selv for sår, ellers vil du ikke kunne
trene softball ordentlig. Hvis du kobler

det til et godt kosthold , vil merke store endringer i kroppen din."

"Problemet er at alle bassengene i nærheten alltid er opptatt," stønnet Erika. «Spesielt universitetsbassenget».

"Det er sant, det er derfor jeg alltid kommer tidlig til campus og svømmer alene. Timeplanen fungerer perfekt for meg."

"Å svømme alene? Det må være fint. Jeg kan bare drømme."

"Sanser jeg sjalusi?" ertet treneren Bethy. "Ja, jeg har bassenget helt for meg selv. Det er terapeutisk for meg, både fysisk og mentalt. Det er en fin måte å starte en travel dag."

"Jeg er helt sjalu."

"Du er velkommen til å bli med meg, så lenge du holder det hemmelig."

"Er du sikker?" spurte Erika overrasket over tilbudet.

"Hvorfor ikke? Vil du føle deg ukomfortabel?"

"Det kommer an på. Er du en seriemorder?"

Trener Bethy ristet på hodet. "Nei, men jeg kan være en seriemorder som dreper andre seriemordere, som Dexter."

«Fungerer for meg», svarte Erika, før hun tok en pause. "Jeg plager deg vel ikke? Jeg mener, jeg vil ikke forstyrre privattiden din."

"Tull og tull. Jeg er ved bassenget kl 06:45 mandag morgen. Hvis du er interessert, vær i tide og ta med håndkle og badetøy. Vi har en time alene."

«Det er en date», smilte Erika.

Treneren Bethy ga et spørrende blikk. "Interessant ordvalg. Uansett, jeg må dra og jeg trenger en dusj. Beklager å avbryte mage-treningen."

"Ingen bekymringer. Magen min suger uansett."

Treneren Bethy stakk Erika i magen. "Mandag morgen. Jeg skal vise deg noen gode magerutiner i bassenget."

"Tror du det vil fungere for meg?"

«Det har fungert for meg», svarte
treneren og gned sin egen flate mage,
kjente de stramme musklene.

KAPITTEL 2

I fullt alvor ble Erika imponert over sjansen til å trene privat med treneren Bethy. Tross alt var denne kvinnelige treneren en fantastisk person og i fantastisk form.

Innerst inne har Erika alltid drømt om å være den jenta. Jenta som hadde slått vinnerskuddet, så ville hele laget heist henne opp på skuldrene sine, slik at hun kunne bli paradert rundt på banen som en helt. Det var usannsynlig, men en fantasi likevel.

Mandag kom hun i tide og hilste på trener Bethy. Etter å ha låst opp bassenget, slått på lysene og slått på varmen, gikk de til garderoben for å skifte. De tok på seg badetøyet i forskjellige skap slik at de ikke skulle se hverandre nakne.

De møttes ved bassengområdet hvor de brukte en stund på å beundre hverandres badetøy.

"Er det nytt?" spurte treneren Bethy.

"Jepp. Jeg kjøpte den i helgen."

"Hyggelig. Ser ut som du er klar til å gå."

De gjorde oppvarmingen og løsnet lemmene i flere minutter. Når kroppen deres var varm, dukket de ned i bassenget og svømte runder. Normalt tempo i starten. Deretter svømte de raskt frem og tilbake mellom begge ender av bassenget, og jobbet med styrken og konditionsutholdenheten.

Etter ti runder med svært lite hvile i mellom, lente de seg mot siden av bassenget med armene på betongen.

"Det var intenst," huffet Erika med en tung pust.

"Det var det. Og jeg elsker det."

Erikas hjertefrekvens beveget seg mot normalitet. "Jeg kommer garantert til å ha vondt i morgen."

Trener Bethy hevet øyenbrynet. "Så du tror vi allerede er ferdige?"

"Er vi ikke?" svarte Erika.

"Dine magemuskler, husker du? Ville du ikke jobbe med dem?"

"Jeg tror jeg har fått nok av en kjernetrening av å svømme de rundene."

Et sadistisk smil kom over den kvinnelige trenerens lepper. "Tull og tull. Vi er allerede i bassenget, så vi kan like godt gjøre det vi kom hit for. Følg min ledelse. Sett ryggen mot veggen, hold fast i betongen med armene og gjør benhevinger. Slik som dette ."

Trener Bethy ledet som et godt eksempel, la henne ryggen mot veggen, la armene hennes på betongen, og gjorde så beinhevinger slik at føttene hennes ville ploppe opp av vannet. Hun gjorde flere reps. Erika gjorde det samme, men slet etter tredje rep.

"Dette er vanskelig," sukket Erika og satte føttene ned igjen. "Det er så mye

vanskeligere med vannet som gir
motstand."

"Det er poenget."

"Jeg kan ikke fortsette."

"Klart du kan, bare noen flere reps."

Erika stakk ut tungen. "Ughhh....kan du
hjelpe meg i det minste?"

"Sikker."

Det var da treneren la hendene i vannet
for å hjelpe Erika ved å trykke under
lårene hennes, slik at flere repetisjoner
kunne gjøres.

"Nå, dette er det jeg kaller å trene,"
smilte Erika mens treneren hjalp til med
å løfte bena hennes for noen flere reps.

"Jeg er overrasket over at jeg ikke har
skremt deg vekk ennå, for å være ærlig."

"Fra treningen? Jeg er ikke den beste
naturlige idrettsutøveren, men jeg er
ikke en slutter heller. Selv om jeg prøvde
å slutte for et øyeblikk siden. Jeg er
utholdende når jeg trenger det."

Erika fortsatte å gjøre benhevinger i
vannet mens treneren hjalp henne med
bevegelsene.

"Jeg mener den andre tingen," sa trener
Bethy. "Du virker ikke som typen. Det er
derfor jeg er overrasket."

"Nå er jeg helt forvirret."

"Glem det."

Erika la bena ned og de så på hverandre.
"Du hentydet til noe forrige uke om at du
ikke ville trene med meg. Nå antyder du
noe igjen. Er det noe jeg mangler? Jeg
mener, er du en seriemorder eller hva?
Jeg lover at jeg ikke skal fortelle det. "

"Vet du ikke?" spurte treneren Bethy.
"Jeg er lesbisk. Jeg antar at du er den
eneste jenta på laget som ikke har hørt
ennå."

"Åh..."

"Fikk du ikke notatet?"

«Jeg visste ikke at det var en,» trakk
Erika på skuldrene.

"Jeg skjønner at det er 2023, og jeg antyder ikke at du er homofob eller noe. Men noen av jentene på laget kommer fra religiøs bakgrunn, hvis foreldre bidrar med mye penger til denne akademiske institusjonen. Det er en vanskelig ting. "

"Utpresser de deg?"

Trener Bethy ristet på hodet. "Nei, ikke noe sånt. Det er en lang historie. Men i grunnen så noen av jentene på laget meg kysse en kvinnelig professor i garderoben."

"En kvinnelig professor?" spurte Erika og skjulte overraskelsen.

"Ja, en kvinnelig professor. Det var en kortvarig ting. Læreren kunne ikke vente og kom inn og vi kysset. Jeg trodde vi hadde nok privatliv, så jeg tillot det. Uansett, de så det og ble like sjokkert som du er. Vi snakket og de ble enige om å holde det hemmelig for meg. Men jenter vil være jenter, og jeg vet at de sprer informasjon om meg. Jeg har lagt merke til at noen av de kvinnelige spillerne på laget fniser når de ser meg. Hei, sånn er livet, ikke sant?"

"Det suger."

"Hva kan jeg gjøre? Jeg er ikke i en fordelsposisjon her."

"Det er 2023, du kan være så homofil du vil," sa Erika.

"Jeg vet. Men stigmaet vil være der, og jeg vil ikke gjøre ting rare fordi jeg er mye rundt fremtredende medlemmer av denne institusjonen. Medlemmer som, skal vi si, er langt mer tradisjonelle enn oss. Ikke det det er en dårlig ting. Det er bare sånn det er."

"For ordens skyld, jeg har ingen problemer med livsstilen din. Jeg synes du er nydelig og fantastisk. Og det mener jeg virkelig fra bunnen av mitt hjerte."

"Det betyr mye," smilte treneren Bethy. "Jeg var i alle fall ikke sikker på hva dine synspunkter var. Derfor var jeg nølende med å trene privat."

"Hvordan vet du hvilken vei jeg svinger?"

"Øynene dine har en tendens til å se på musklene mine. Ikke på brystene, bena eller leppene mine."

Erika smilte. "Jeg antar at det er en god måler."

"Vel, vi bør komme oss ut av bassenget før vi blir til svisker etter å ha vært i vannet så lenge."

"Jeg er ikke ferdig med benhevingene mine."

"Er ikke du?" spurte treneren Bethy, vel vitende om hvor dette var på vei.

"Jeg er sikker på at jeg kan presse ut noen få reps. Gud vet at kjernen min trenger all den hjelpen den kan få."

"Jeg antar at du trenger hjelp."

Erika presset ryggen mot veggen og holdt seg fast i betongen. "Jeg kan ikke gjøre disse benhevingene i bassenget uten din hjelp. Jeg er tydeligvis ikke like sterk som deg."

"Jeg tror det er veldig sterkt å forplikte seg til treningen din."

Trener Bethy strakte seg i vannet og plasserte hendene under lårene til Erika igjen, og hjalp henne med å løfte beinet i vannet. Stemningen mellom dem hadde endret seg. Det var som om de kom nærmere fra informasjonen de delte. Bonding har en tendens til å skje på den måten.

"Hvordan føles det?" spurte treneren Bethy. "Brent ennå?"

"Snakker du om kjernen min eller hendene dine nær rumpa mi?"

Trener Bethy ga et hånlig sukk. "Svar på det som du vil."

"De brenner begge. På en god måte."

Kvinnene smilte til hverandre, og etter noen flere assisterte reps ba Erika om å stoppe da magemusklene hennes verket. Treneren Bethy slapp taket og Erika satte bena ned på bassenggulvet.

"Du er en god sport," sa treneren Bethy glad. "Jeg liker arbeidsmoralen din."

Erika ble plutselig spent. "Kan jeg spørre deg om noe? Det er litt flaut, men jeg vil spørre deg likevel."

"Jada, hva som helst."

"Når visste du det? Jeg mener, du vet hva jeg mener. Men når visste du det?"

Selvfølgelig forsto treneren Bethy spørsmålet. "Jeg har alltid visst det. Hvorfor? Tar instinktene mine feil om deg?"

Erika ristet på hodet. "Nei, vel, jeg vet ikke. Det er komplisert."

"Hmmm..." nynnet treneren Bethy under pusten hennes. "Du er en interessant en."

"Hvorfor? Fordi jeg er rar kvinne og ikke faller inn i de stereotype boksene?"

"Kan være."

"Vel det er betryggende," svarte Erika.

"Det er greit å være nysgjerrig. Det er helt naturlig. Men jeg er ikke sikker på om jeg er den rette personen du bør snakke med. Jeg er en kvinnelig ansatt ved denne skolen og er bundet av etiske retningslinjer."

"Jeg er voksen."

Trener Bethy trakk pusten dypt. "Hvis du er nysgjerrig på noe, så er jeg her for deg. Jeg vet at du er i en utfordrende tid i livet ditt, som en ung kvinne på college."

"Takk."

"Var det noe spesifikt du ville snakke om?"

"Hvordan skjedde den første gangen?" Erika tvang seg selv til å spørre. "Jeg mener, forfulgte du den andre personen? Eller gikk den andre etter deg?"

"Det var gjensidig, for å være ærlig. Min første gang var omtrent på din alder da jeg gikk på college. Jeg var romkamerater med denne jenta. Jeg skal spare deg for detaljene. Men jeg visste hva jeg var. Hun var på gjerdet ca. ting. Den ene tingen vi hadde til felles var at vi virkelig traff det. Vi hadde god kjemi sammen, og overraskende nok ble hun tiltrukket av meg."

"Jeg synes ikke det er noen overraskelse i det hele tatt. Du er hot."

Treneren Bethy smilte, "Takk. Men det var min første gang. Det skjedde liksom bare en natt da vi studerte sammen. Jeg skal spare deg for sexy bitene."

"Å studere og deretter kysse. Det høres ganske kult ut."

"Jeg kan fortsatt ikke tro at instinktene mine var feil om deg."

Erika trakk på skuldrene. "Jeg holder visse ting om meg selv nøye bevoktet. Jeg er flink med hemmeligheter. Jeg har aldri hatt denne diskusjonen med noen før."

"Vel, jeg er smigret. Nå, hvorfor spør du? Hadde du noen i tankene? Noen du er interessert i å date?"

"Jøss nei. Jeg skal innrømme, jeg tenker sånn på noen av venninnene mine, og jeg ville ikke hatt noe imot å kysse dem, men ingen har gjort noe med meg ennå."

Trener Bethy lo. "Er det slik du lever livet ditt? Venter du på at andre skal ta det første steget?"

Erika nikket.

"Det er ikke en god livsstrategi," svarte treneren Bethy. "Faktisk er det en forferdelig livsstrategi."

"Hva er alternativet? Gå rundt og slå på jenter i den lokale baren? Finn en lesbisk Tinder-app på telefonen min? Jeg vet ikke hva jeg skal gjøre."

"Hmmm..."

"Hva betyr det?"

Treneren ristet på hodet. "Glem det."

"Nei Fortell meg."

"Ingenting. Jeg tenkte bare at siden du
kan holde på en hemmelighet, kommer
vi overens, og du var nysgjerrig, kunne
jeg ha hjulpet deg med ditt lille dilemma.
Selvfølgelig ville det være et brudd på
etikk."

Erikas øyne ble store og hun gjorde
ingen anstrengelser for å skjule følelsene
sine. Kan et slikt tilbud virkelig ligge på
bordet? Bare å tenke på det fikk bena
hennes til å krysse seg i bassenget. Hun
gjorde heller ikke noe forsøk på å skjule
det. Faktisk var hun sikker på at Coach
Bethy kunne lukte hennes opphisselse
fra bassenget ved hjelp av superkrefter.

«Jeg kan holde på en hemmelighet»,
knirket Erika.

"Regler er regler. Jeg skulle ikke ha
nevnt det."

— Så du kjører aldri over fartsgrensen?

"Det er annerledes."

"Hvordan?"

Trener Bethy tenkte seg om et øyeblikk.
"Sverger du på å aldri fortelle det til
noen?"

"Jeg sverger. Når det kommer til
hemmeligheter, er jeg pålitelig."

"Hvis du bryter dette løftet, er straffen
døden."

Erika banket på øyevippene og nikket. "Trippel sverger."

"Lukk øynene dine."

Og det var da alt endret seg. Erika holdt øynene lukket, kjente strømmen av vannet rundt seg, og kjente så et par lepper presse mot hennes egne. Kysset føltes fint, mykt og lidenskapelig. Det var hvordan et godt kyss skulle føles. Det var mye mer ømt enn noe annet kyss hun noen gang hadde følt. Følelsen av at leppene deres berørte sendte en behagelig følelse oppover Erikas ryggrad.

Da treneren Bethy stakk tungen inn, kjente Erika at fitten hennes knuget seg hardt. Bena hennes krysset seg strammere og tærne krøllet seg. Tungene deres kjempet i noen sekunder før treneren Bethy trakk seg unna.

"Du kan åpne øynene nå," sa treneren.

Erika åpnet øynene for å se den vakre
smilende kvinnen. "Det var..."

"Nå vet du hvordan det er.
Nysgjerrigheten er borte."

"Likte du det? Jeg mener, gjør det mot
meg."

Trener Bethy nikket. "Ærlig talt, du
smaker godt. Deilig, til og med."

«Takk,» rødmet Erika. "Du også."

"Vi må gå nå. Jeg har time om omtrent en
halvtime. Dette var hyggelig. Vi kan
imidlertid aldri gjøre det igjen."

"Hvorfor ikke?"

"Ingen harde følelser, ok? Vi sees på trening i morgen."

Da treneren Bethy forsøkte å gå ut av bassenget, slo Erikas instinkter og hormoner inn, og hun tok tak i den kvinnelige treneren rundt midjen og trakk henne inntil så de kysset igjen. Erika overrasket seg selv da hun gjorde det. Hun ble enda mer overrasket over at treneren Bethy ikke slo henne over ansiktet.

Så tok kysset slutt og de så på hverandre.

«Jeg beklager at jeg tok deg sånn,» sa Erika med et snev av anger. "Jeg vet ikke hva som kom over meg."

"Du er ung og liker å kysse. Jeg forstår
det. Men ikke spill dominerende med
meg. Dette er treningsstudioet mitt. Jeg
er din kvinnelige trener. Jeg har
ansvaret."

Nå var det trenerens tur til å utøve
kontroll ved å trekke Erika inn for et
enda dypere kyss, og vise hvordan dette
ble gjort. Den kvinnelige treneren viste
en sann følelse av kontroll over
situasjonen, og la til og med hånden sin
under, dro Erikas badedraktunderdel til
siden og stupte to fingre inn, og stoppet
ikke før Erika kom.

Og Erika kom på et blunk.

KAPITTEL 3

Det var alt hun kunne tenke på, egentlig. Etter en slik opplevelse, hvorfor tenke på noe annet?

Derfor var det en stor overraskelse for Erika at treneren Bethy tilsynelatende ga henne den kalde skulderen på trening dagen etter. Nok en gang spilte treneren favoritter og brukte mesteparten av tiden på å kommunisere med toppspillerne og gi generelle instruksjoner. Det var forståelig gitt presset for laget for å vinne.

Men likevel, du kysser ikke en jente, får henne til å komme i bassenget og late som om det aldri har skjedd. Det er bare ikke riktig. Erika forventet i det minste

et smil og en vinke hei, men det fikk hun
ikke engang.

Enda verre, treneren Bethy ba henne til
og med legge vekk utstyret selv, siden
det var hennes "tur til å rydde opp." Hun
ble sikker på at hun ble straffet for sin
altfor aggressive seksuelle oppførsel i
bassenget, og dette var trenerens måte å
fortelle henne hvem som er sjefen.

Da Erika endelig kunne gå i dusjen, tok
hun seg god tid og benyttet anledningen
til å slappe av. De andre jentene hadde
allerede dusjet, forlatt garderoben, og
stakkars Erika var helt alene. Hun
skrubbet seg og vasket håret med
sjampo. Alt hun kunne tenke på var
hvordan hun hadde denne vakre
opplevelsen med Coach Bethy, som på
en eller annen måte ble ødelagt.

Da sjampoen ble vasket bort og hun
trakk håret tilbake, så hun noen i

øyekroken og snudde seg for å se Coach
Bethy stå der, fortsatt kledd i en enkel t-
skjorte og joggebukse, lent mot veggen
og stirret på henne.

Erika slo av dusjen og lot vannet dryppe
fra kroppen hennes. Hun hadde ingen
problemer med å stå baken naken foran
sin kvinnelige trener. Kanskje var det
fordi hun allerede var så utmattet; fysisk
fra praksis, og følelsesmessig fra hennes
opplevde mishandling. Eller kanskje
fordi det var opphissende å la hennes
kvinnelige trener se henne bar på denne
måten.

"Du ser søt ut på denne måten," sa
treneren Bethy med beundrende øyne.

"Som i naken?"

Trener Bethy smilte. "Ja, puppene dine
er pene, slik jeg forestilte meg at de var.

Jeg elsker måten vannet dekker de muntre brystene dine på, og de rosa brystvortene er til å dø for."

De betryggende ordene fikk Erika til å holde haken høyt og pekte brystet fremover.

"Fortsett."

Trener Bethy undersøkte videre. "Du har en nydelig figur. Myk hud. En fin form. Og en fin rund rumpe som jeg skulle ønske jeg kunne begrave ansiktet mitt mellom."

Erika knep sammen bakdelene bare ved å nevne den runde formen.

"Kanskje jeg ville latt deg leke med baken min hvis du ikke var så avvisende

til meg i dag. Betydde pool-tingen vår
ingenting for deg?"

"Først av alt, du er helt deilig," bekreftet
trener Bethy. "For det andre, grunnen til
at jeg ga deg i oppdrag å rydde opp er at
vi skulle være alene akkurat nå."

Erikas fitte knyttet seg sammen. "Åh."

"Jeg skal være ærlig; jeg kan ikke slutte å
tenke på deg. Men samtidig vil jeg ikke
miste jobben eller ryktet mitt på grunn
av dette."

"Jeg kan holde på en hemmelighet," sa
Erika.

"Sverge?"

"Jeg sverger."

"Bra, for jeg trenger en dusj," svarte
trener Bethy. "Vil du starte vannet og
hjelpe til med å vaske meg?"

Erikas hjerte hoppet over et slag. "Jada,
hva som helst."

Erika løp dusjvannet igjen mens hun så
på at treneren Bethy tok av seg klærne
på en aldri så uformell måte. Under t-
skjorten til treneren var det en svart
sports-BH som dekket små bryster. Den
kvinnelige treneren tok av seg skoene og
sokkene, og sto barbeint på gulvet; så
kom buksene av henne og avslørte
trusene hennes.

Det galeste var at Coach Bethy kledde av
seg som om hun var alene. Ser ikke på
noen. Ingen nøling. Ikke noe sexy med
det. Da hun tok av seg sports-BH og
truser, avslørte hun den nakne kroppen

sin med en bikinibrun linje rundt brystene og skrittet. Brystene hennes var små, men de brune brystvortene var store og allerede stive.

Erika forble frossen mens den kvinnelige treneren hennes nærmet seg henne og kom seg under vannet for å skylle seg. Så gikk hun til side.

«Sjampo,» sa treneren med ryggen vendt. "Så bruk skrubben din på meg."

"Ja, trener Bethy."

Med ivrige hender puttet Erika en tilstrekkelig porsjon sjampo i håndflatene og gned den på trenerens hår. Hun kjærtegnet og masserte til det var hvite skummende bobler overalt. Det var morsomt og merkelig erotisk å vaske håret til en annen kvinne.

Deretter kom den morsomme delen.
Erika vasket hendene i dusjvannet og la
deretter gel på en skrubb.

"Overalt?" spurte Erika.

Trener Bethy snudde seg for å møte
Erika, slik at de var ansikt til ansikt,
nakne.

"Overalt."

Erika trakk pusten dypt og begynte å
jobbe med Bethys kropp. Begynn med de
"trygge" områdene først, som skuldre og
armer, og føl den magre muskeltonen. Så
flyttet hun seg over på brystene. Øynene
hennes beundret de brune linjene. Erika
ønsket desperat å klype de store brune
brystvortene, men hun hadde ikke
tillatelse, så hun unngikk å gjøre det.

Ikke desto mindre brukte hun skrubben til å presse over brystvortene og brystene, mens hun så dem vippe litt. Bena ble gjort sist.

"Nå, legg ned skrubben," sa treneren Bethy. "Gni huden min. Det er slik kropper blir renset, gjør de ikke?"

"Ja," svarte Erika.

Det var ren fryd da Erika gned de bare hendene over hele den kvinnelige trenerens såpeaktige hud, og kjente tonen og kjøttet. Hun fikk endelig kjenne de brystene, til og med gni de brystvortene (selv om hun fortsatt ikke klarte å ta mot til å klype dem). Hun gned til og med den kvinnelige trenerens atletiske lår, legger og faste rumpe.

«Overalt,» sa trener Bethy og snudde ryggen til Erika. "Gni kliten min."

Erika gispet. "Er du ikke redd noen skal ta oss?"

"På denne tiden av døgnet bør ingen være tilbake her. Uansett er det best å skynde seg."

"Hva vil du egentlig at jeg skal gjøre?"

"Få meg til å komme."

Erika slukte. "Riktig. Du vil at jeg skal gi tilbake tjenesten fra bassenget."

"Smart jente."

Erika presset forsiden av den nakne kroppen mot den kvinnelige trenerens nakne bakside. Det føltes elektrisk. Så strakte hun seg frem med høyre hånd og berørte den kvinnelige trenerens skritt og ytre kjønnslepper. Det føltes som et lyn. Så gned hun den kvinnelige trenerens klitoris. Å gud...

Det var ganske enkelt. Erika implementerte sin vanlige onanirutine med to fingre på den kvinnelige trenerens fitte, og reaksjonen var øyeblikkelig. Trener Bethy stønnet og lente hodet bakover fra nytelsen.

"Du er så flink til det," stønnet treneren Bethy. "Hvor har du vært hele mitt liv?"

Erika fortsatte å gni klitorisen hennes. "Nå kan jeg være din assisterende kvinnelige trener."

"Akkurat. Uoffisielt, altså. Perfekt for stressavlastning under alle omstendigheter. Ikke stopp, jeg kommer til å cum."

Å høre de ordene tente bare en ild under Erika. Hun holdt den kvinnelige trenerens nakne kropp fast og gned seg rasende.

Plutselig ble den kvinnelige trenerens kropp spent og hun lente hodet lenger bakover. Hun pustet dypt inn og holdt den, som om hjertet hadde stoppet, så pustet hun ut alt. Alle stressene hennes for dagen var borte på et øyeblikk, erstattet helt med glede.

"Det var en fryd," pustet treneren Bethy.

"Du vet, hvis hendene mine ikke var dekket av såpe, ville jeg slikket fingrene akkurat nå."

Trener Bethy snudde seg slik at de møtte hverandre. "Er det det du vanligvis gjør etter at du har onanert?"

"Hvis jeg er i riktig humør."

"Flink pike."

De fniste og kysset hverandre på leppene. Så tråkket de sammen i dusjvannet og lot såpen renne ned i avløpet.

Da de stengte vannet, kysset de litt til, og så plutselig hørte de det: snakket og lo. To-tre jenter hadde nettopp kommet inn i garderoben.

«Å, faen,» hvisket Erika i et gisp. — Vi må kle på oss.

"Ingen tid. Følg meg."

Trener Bethy tok Erika i håndleddet og dro henne ut av dusjen mens hun tok tak i hennes egne klær i prosessen. De tippet på tærne bak i garderoben der treneren slengte klærne hennes på en benk og la fingeren mot leppene hennes for å si: 'Shhh...'

De sto der tause, nakne, kroppen dryppet av vann mens de lyttet til jentene snakke. Det var tre kvinnelige spillere på softball-laget. Ironisk nok var det den samme gruppen religiøse jenter som hadde oppdaget den kvinnelige trenerens lesbiske hemmelighet for en stund tilbake.

Den skrudde følelsen av ironi fikk bare trener Bethy til å smile og beundre Erikas skjønnhet på nært hold, mens ryggen til Erika ble presset mot skapet.

«Ikke lag en lyd,» hvisket trener Bethy.

Mens jentene snakket høyt seg imellom, kysset den kvinnelige trenertungen Erika, og Erika kysset rett tilbake så stille de kunne.

Men det var ikke bare kyssing som trener Bethy var ute etter. Aldri. Treneren falt på kne og så opp med et djevelsk blikk i øynene. Umiddelbart gjorde dette Erika nervøs. Hun visste at hvis hun ble spist av sin erfarne kvinnelige trener, var det ingen måte hun kunne beherske seg selv. Det var ikke noe valg.

Trener Bethy løftet et av Erikas ben og plasserte foten hennes på benken, og etterlot Erika med en spredt, våt fitte. Treneren gjorde "Shhh..."-bevegelsen igjen og begynte å spise, og presset

munnleppene hennes mot leppene til
Erikas fitte.

på sin side knep sammen kjeven. For god
ordens skyld presset Erika begge
håndflatene hennes over munnen for å
undertrykke all støy som måtte slippe
ut. Hun tvang seg selv til å være stille da
den kvinnelige treneren leverte en
ekspert muntlig forestilling; kjenner
tungen stupe inn og ut, kjenner at
kjønnsleppene blir sugd, og av og til
kjenner den varme tungen flimre over
klitoris.

Det gjorde henne gal, spesielt å høre på
de kvinnelige spillerne på laget lage
grove vitser om sexlivet deres. Det var
også opphissende å avlytte disse
spillerne mens de hadde et hemmelig
lesbisk møte med treneren Bethy.

Følelsene bygget seg opp inni Erika og
hun visste at hun kom til å sprekke. Hun

var livredd for å skrike fordi de ville bli tatt.

Hun banket treneren Bethy på hodet og sa i munnen: "Jeg kommer til å cum så jævla hardt."

I stedet for å stoppe, så treneren Bethy bare mer opphisset ut, og gjorde "Shhh..."-bevegelsen igjen.

Trener Bethy gikk tilbake til å spise Erikas fitte, med mer kraft denne gangen, og kastet to fingre inn i det opphissede hullet. Det var nok til å gjøre Erika gal. Og det gjorde henne cum.

Erika dekket sin egen munn med to hender, og gjorde alt hun kunne for å unngå å skrike. Hun kjente et sus av væske sprute inn i munnen til den kvinnelige treneren, og et øyeblikk lurte hun på om treneren Bethy ville reise seg

og gi henne en klaps. I stedet fortsatte
den kvinnelige treneren å suge.
Treneren Bethy likte tydeligvis å drikke
den.

Da det var gjort, reiste treneren Bethy
seg og klemte den nye kvinnelige
favorittspilleren sin på laget, med deres
nakne kropper og harde brystvorter i
kontakt. De sto der og så hverandre i
øynene, mens de hørte på de andre
jentene som fortsatt snakket. Det var
væske i hele munnen til den kvinnelige
treneren.

Til slutt dro de andre kvinnelige
spillerne og de var alene igjen.

"Kan jeg fortelle deg en hemmelighet?"
spurte trener Bethy.

"Hva som helst."

"Dette er faktisk en stor fetisj av meg. Å gjøre jente/jente-ting i garderoben som dette. Det er et enormt adrenalinrush for meg. Det er ingenting som ligner det. Jeg er glad jeg fikk oppleve det med deg."

Erika sukket, "Fan, det var så jævla varmt. Jeg tror jeg fant min nye favoritthobby."

"Velkommen til min verden. Du er den første kvinnelige spilleren på laget mitt som jeg noen gang har tullet med, og jeg vet ikke hva jeg skal gjøre. Vi finner ut av dette etter hvert, forutsatt at du vil fortsett. I mellomtiden begynner det å bli sent, og vi må kle på oss."

De kysset på munnen igjen, men denne gangen smakte Erika sin egen sprut på munnen til den kvinnelige treneren. Da

den kvinnelige treneren avsluttet kysset,
tok hun tak i klærne og gikk bort.

«Vent,» sa Erika før treneren Bethy
kunne gå. "Beklager at jeg spruter sånn i
munnen. Jeg mente det ikke."

Trener Bethy smilte, "Som jeg sa, du er
deilig."

Økten var over og treneren gikk bort,
med klærne i hånden, med den nakne
rumpa svaiende for hvert steg for Erika
å beundre.

SLUTT

SLUTT